타클라마칸, 혹은 쥐똥나무를 위하여

형상시인선 36 서교현 시집

타클라마칸, 혹은 쥐똥나무를 위하여

인쇄 | 2022년 9월 26일
발행 | 2022년 9월 30일

글쓴이 | 서교현
펴낸이 | 장호병
펴낸곳 | 북랜드
　　　　06252 서울 강남구 강남대로 320, 황화빌딩 1108호
　　　　41965 대구시 중구 명륜로12길 64(남산동)
　　　　대표전화 (02)732-4574, (053)252-9114
　　　　팩시밀리 (02)734-4574, (053)252-9334
　　　　등록일 | 1999년 11월 11일
　　　　등록번호 | 제13-615호
　　　　홈페이지 | www.bookland.co.kr
　　　　이-메일 | bookland@hanmail.net

책임편집 | 김인옥
교　　　열 | 전은경 배성숙

ⓒ 서교현, 2022, Printed in Korea
저자와의 협의하에 인지를 생략합니다.

ISBN 979-11-92613-13-0 03810
ISBN 979-11-92613-14-7 05810 (E-book)

값 10,000원

형상시인선 36

타클라마칸, 혹은 쥐똥나무를 위하여

서교현 시집

북랜드

自序

심심하지 말라고
뜬금없이 데려온 건

나무꾼 이야기
치마바위 이야기
우렁각시 이야기

그대 다녀가는 길은
발 헛디디면 떠밀릴
가시밭길

그 허기의 뒤가
또 울컥울컥이다

- 자시 「늦잠」에서

2022년 초가을 서교현

차례

2

3

4

| 해설 |

1

모닝 바다

달걀노른자 동동 띄운 커피에
밋밋하던 내 일상은 미끈해졌다

볼록한 실화인지, 걸쭉한 야담인지
분간이 안 되는 아침나절 축산항 다방
이마에 물이랑 깊은 마담에게
굳이 비릿한 모닝커피 만들어 달라고 했다

복판이 푹 꺼진 톱밥 난로 곁
덩달아 따스하던 찻잔이 식어갈 즈음
새벽 첫 버스 타고 떠난 네가
돌아와 커피를 마시고 있다

오전의 햇살은 또 떠나겠지만
검은 커피에 뭉개진 노른자는 흔들흔들
테두리 둥근 사기잔을 뛰어넘는다

울컥울컥 끓는 검은 바다 파도 한 자락
다가온 인연도 멀어져간

그런저런 사연도 아릿한 맛일 때
말갛게 씻긴다

내 기억의 방파제는

환향길

담양 메타세쿼이아가 다녀간
간밤의 방 안에는
이리저리 떨어져 구르는 머리카락

쇠락의 자세다

무릎치마 갈아입는
그녀 거울은 겨울 초입이어도
종아리 시린 적 없다

마른 잎 잔뜩 매달고도
가장 품고 싶은 건
시려서 오히려 따스하게 느껴지는
첫눈

길 위에서 돌아온 나를
길로 다시 품겠다고
우뚝우뚝 기다리며 줄지어 서 있는
저 나무들

참빗 같다

금 밟으면 죽는다

제풀에 물에 빠져
물 세 번 마시고 떠올라 건져진 놈
이번에는 제대로 금을 넘었다고
늘어져 풀린 입으로 흘리는 말

"넘어가야 하는데, 내가 넘어가야 하는데"

상가喪家 가기 전 전주前酒 적잖이 걸친 친구는
짙은 회색 저녁, 실성에 가까웠다

요절한 친구한테 작별 인사하러 같이 간 그 친구
내려앉은 먹구름 무게에 눌려 모두
눈알 돌리는 소리도 들킬까
죄스럽기만 한데, 취한 친구는 거침이 없다

삶에 발목 잡혀 머물다가
죽음의 거룻배로 떠다니다가
삶과 죽음을 넘나들다가
히죽히죽 웃다가, 꺼억꺼억 울다가

따라 넘지 못할 마지막 금 앞에서
놈, 작정하고 미친 것이다

중독

꾸덕꾸덕 비늘 마른 붕어가
천막 아래, 달군 무쇠틀로 앉았다

국민 여러분!
존경하는 국민 여러분!
입맛을 단맛 팥소로 낚겠다고
지느러미 퍼덕임도 없이
물컹함에 싫증 난 사람들 불러 모으고 있다

존경까지 덧칠한 것보단
그래도 저 붕어빵이 순수할 거라 믿기에
정의야 누가 팔아먹든 말든
꾸역꾸역 모여드는 이유가 된다

붕어의 기억력은 3초라고?
낚싯바늘 물기, 그 오류를 반복한다고?
이리저리 멋대로 말하는 사람들 또한
편견에 중독된 것

국민이란 말은 오류이거나
덧붙인 존경이란 말은
천막 안에 한 발 들여놓으면
잘 포장된 패러독스에 불과하지

바삭바삭한 비늘이 감싼 건 뜨거운 단맛
입천장이 데어도 덴 줄 모르지

사향노루

꿈속에서, 꿈인 줄 알면 그게 꿈인가?

눈 뜨고 있을 땐 코빼기도 보이지 않던 놈이
그렇게 바라던 놈이, 꿈속으로 와
가려운 내 심장을 긁어댄다

꿈에서도, 꿈이란 것을 어렴풋이 알기에
이놈 잡으려고, 놓치지 않으려고
되뇌는 머리맡에 놓아두는 덫

발소리 요란한 밤일수록
그놈은 흔적도 없는 것을
구름 한 점 없는 캄캄한 하늘인 것을

결국은 내 것이 되지 못할 줄 알면서도
잡고 싶어 하는 것이 병인 줄 알면서도
미련 떨게 하는 이놈

비틀대지 않고 땅에 발 디딜 수 있게
낮엔 찾아오지 않으니, 그나마 다행이다

품기에는 야생이어서
그러나 못 버릴 이놈!

여우비 굿당

오실 만한 분은 다 오셨는데
주인공인 큰아버지는 오시는 속도가 느렸다

돌담 할아버지, 아궁이 증조할머니
다 불러내어 벌이는 굿판

열여섯 살 형님과 또래 둘을 더 데리고
종적 감춘 그 사람을 찾은 건
사반세기 지나서의 일

문산 어디쯤 전투에서 형님이 전사했다는
그의 말을 아버지는 끝내
할머니에게 알리지 못했다

미신이라며 굿판을 말리시던 아버지
흔들리는 대를 잡고 절뚝일 때도
할머니는 늘 사립문 열어놓았다

흙먼지 이는 마당 귀퉁이 질경이
꽃대를 촛불처럼 피워 올리는 새벽

어제 흘린 눈물이 둥둥 쪽배 타고
걸쭉한 여우비로 밀려들고 있었다

타클라마칸, 혹은 쥐똥나무를 위하여

죽은 쥐똥나무 분재盆栽가 아니라, 분재焚災다

죄스런 마음에 나는 마른 북어를 새끼줄로 묶어 걸어두고
몇 날 몇 해 물을 주었다

순간, 죽은 가지 옆에 줄기 하나 올라와 싹을 틔우는 게 아닌가

나무는 제 속에 생명의 하늘을 담고 있었던가
아니면 속죄하는 주인의 마음과 눈빛을 느꼈을지도 모른다

새끼줄에 매달린 북어가 입을 벌리는 이유도 아마 그랬을 터
다 하지 못한 북어의 말을 누군가 대신 전해 주리라는
믿음 또한 그랬을 것이다
새끼에 묶인 제 몸을 어쩌지 못해 몸부림치던 북어는
이제 죽어 쥐똥나무 속으로 들어갔다

(사막 어디쯤 죽은 시체 위로 정오의 태양이 내리쬔다)

어둠과 빛이 한 몸이 되는 시간, 쥐똥나무에 꽃이 핀다

가늘고 슬픈 꽃향기에 마음까지, 깊어진다

살아 돌아올 수 없는 사막 타클라마칸에 도마뱀이 나타났다는
그리고 산란하는 앵치*도 돌아왔다는
풍문이 잎처럼 돋아나고 있었다

   * 앵치는 '명태 새끼'의 다른 이름.

철학으로의 소풍*

책표지에 그려진 철학으로의 소풍 들고
룰루랄라 소풍을 간다

나, 행복하게 탈출할 수 있는 길을 찾고 싶었다

문 열고 나가야 할지, 말지
빛 쪽으로 더 다가가야 할지, 말지
그녀 등 뒤에 비스듬히 누워야 할지, 말지

남자의 옆에 펼쳐진 책 한 권이
두 사람과 삼각선을 이루는 그림

작은 창문으로 들어온 빛의 영역
남자의 한 짝 구둣발 덧코가 걸쳤다

벌거벗은 엉덩이와 다리를 펑퍼짐하게 드러낸 채
남자에게 등 돌린 여자가 누워있고

단정하게 침대에 걸터앉은 나의 미간엔
이맛살 골, 선명하게 깊어졌다

  * 철학으로의 소풍-에드워드 호프의 그림 제목(1959)

저녁의 표지標識들

멍석으로 말려있던 산 그림자
쫓기는 물결에 바삐 풀린다
어린 버들가지는 제 몸 가누기도 벅차다

버들 뿌리에 아가미를 둔 물고기들
뻐끔뻐끔 호흡을 늦추면서도
가지에 걸린 낮달이 몹시 궁금하다

발 담그지 않겠다고 작심한
달뿌리풀이 연신 입술로 보내는 신호에도
갈대는 바짓단을 걷어 올린다

낮밤이 바뀐 줄 모르는 사람들
개구리알처럼 붐비며
도깨비에게 먹힌 해는 도깨비불로 타닥타닥
불에 덴 달처럼 물 한복판을 휘젓는다

허공을 나는 기러기 떼
산 그림자 끌며 서둘러 떠난 길로
나는 큰 못가에서 어머니를 부른다

당신의 책력에, 파란 밑줄을 긋는다

연못 공화국

얼음수염 떨어지는 소리가 여기저기서 난다

수초 밖으로 끌려 나온 잉어가 울컥울컥 찍어 놓은 알들
아가미 힘줄과 낚싯줄이 맞설 때
공중도 팽팽했었음을, 나 짐작한다

영문 모르는 다른 한 손은
물결인 그에게 이미 잡혀 있었음에도
못 속의 더 큰 비단잉어 잡겠다고
살생의 죄, 불끈불끈 저지르고 말았구나

그날, 물바람과 풀바람의 경계는
부레 터진 내장처럼 왜 비릿하기만 했는지

내 것 아닌 것에 손대는 것은 죄악이라 배운 내가
언 손등 데리고 가서
갓 겨울 지난 연못을 당겨 올리다니!

탐하려 헤집는 수초의 심층에서
불끈불끈 솟는 또 다른 빛의 산란

감춘, 속대는 함부로 손대는 게 아니라는
속살까지 마른 풀잎 경보는 시작되고

겨울잠에 엉클어진 머리 곱게 빗는 물억새들
이제 바람이라도 나려는지

두리번두리번 봄 오는 못 둑 너머를 살피고 있다

요요

가야지, 멈추고 싶다고 멈추어지는 게 아니니까. **나**방은 쉴 때도 날개 접을 수 없는, 말 못 할 이유가 아마 있을 거야. **다**림질로도 다시 펼 수 없는 것들이 분명 있을 것이거든, **라**면을 똑바로 편다고 생각해 봐! 마음을 반듯하게 세운다고 생각해 봐! **바**람은 이겨내는 것이 아니라 파도 넘듯 타야 하는 것인 줄 맘은 알아. **사**람들은 길, 시간, 공간들을 굳이 쪼개고 따지려 하는지. **아**직도 내일의 태양은 오늘의 태양이 아닐 거라고 나는 믿고 싶어. **자**전이건 공전이건 그런 건 나의 얘기가 아니니까. **차**고도 넘치는, 갈무릴 새도 없이 흘려보낸 온갖 것들이 더 궁금해. **카**시오페이아자리에서 북극성을 찾아본 적이 있어. **타**래타래 얽힌 생을 풀 실마리라도 찾을까 하는 마음으로, **파**고다 주변을 합장하고 돌고 돌아도 마냥 그 자리가 그 자리. **하**지만, 하지만은 그러나와 함께 그다음 말을 찾고 싶어

네모난 상자

과수원에 발을 들여놓은 건, 해가 설핏해지고 나서였다

각기 다른 빛과 색, 흠결까지도 사과는 봉분처럼 쌓여있었다

처음부터 쪼그라든 것
새들에게 쪼인 것
제 살점을 벌레에게 내어준 것

흠결 없는 사물과 영혼이 어디 있을까마는
칠성판처럼 한번 누우면 끝장인 네모난 상자는
가을의 비극이다

사과가 차례로 상자에 담겨진다

그러나 흠, 흠이 있는 사과가 맛이 있는 법
오래 그늘을 서성거려 본 이는 안다

덧대고 덧댄 나의 상처도, 그렇다

흠이 흠을 움켜쥐었을 때 느껴지는 전율
저녁놀이 만져준 상처 안쪽이
먼저 다녀간 새의 혀처럼 따뜻하다

마당을 쓸고 싶다

해 뜰 무렵 한 번
해 질 무렵 한 번
마당에 물 뿌리고 비질하는 것이 나의 일
왜, 아침저녁 매일 그래야 하지?
그러나 난 여쭈어본 적은 없다

싸리비로 싹싹 쓸어내면
기껏해야 나뭇잎이나 삭아 떨어진 가지 몇 개
열다섯 식구에다 오매 가매 들른 동네 사람 덧대어진 발자국을
쓸 것 없음에도 싸리비는 쓸었다

버짐 핀 아이 머리
시골 무면허 이발사 수동 클리퍼가 밀고 간 흔적처럼
마당엔 골진 빗금만 수북하게 남았다

쓸어낼 것 없어도 쓸어야 하는
그 연유가 지금도 궁금한데
여쭐 곳 없어 여쭙지 못한다

많은 식구 중 하필 내가 버틸 수 있었던 건
거기 발자국들과 싸리비가 있었기 때문

그러나 이젠 쓸 마당이 없다
마당이 없으니, 덩달아 없는 발자국들

유리왕瑠璃王

목 깃털 부풀리다가 잠깐 갈라지는 구름 틈새
황조黃鳥의 눈으로 떠나온 곳을 본다

벌건 대낮 아파트 지상 주차장
위아래에서 버둥대던 비둘기 한 쌍
바닥 열심히 쪼아 댄다, 그러고는
약삭빠른 고양이도, 능글능글한 능구렁이도
찾을 수 없는 곳에
낳아놓은 알 갈무리하러 간다

아프지도 배고프지도 화 돋지도 않는
몽글몽글 구름 위에서도
사랑이 떠나고 없다는 건 슬픈 일

애틋함인지 다툼인지는 알 수 없으나
비둘기는 서로 주둥이 부비는 일로 바쁘다

그러나 한번 떠나온 이곳은
다시 돌아갈 수 없는 레테의 강 너머

함부로 알껍데기 깨트릴 수 없으니
오래 품어줄 구름 기다려
머지않아 나 뒤따라올, 황조의 눈 초인을 위해
하늘길 쓸어 놓는다

촉새의 지금은

친구가 마지막으로 보내온 편지가
캄캄한 날 천둥 번개 되어
무딘 삶의 정수리에 일침을 놓는다

-나 어릴 때 많이 까불었지
-그래도 난 혼자라서 괜찮다
-가족 잘 챙기고 잘 지내라. 안녕

잘못 밟은 디딤판을 탓하며
구름 속으로 튕겨 오르고 있다

초등학교도 못 마치고 도회지로 떠난
곤궁의 때가 마당에서 방 안까지 저며 있던
외딴 산속 그의 집

-까불어도 심각해도 세상일 되는 게 없네
한 번씩 그려졌다 흐려지는 그의 말

까불다 선생님한테 귀싸대기 얻어걸려도

금세 촉새를 닮아가던 그 친구

스프링처럼 튕겨진 몸과 입은
심각해야 할 저승 문턱에서도
여전히 까불고 있을까

2

위험한 투척

바다에 손바닥이 솟구쳤다
갈매기들은 진한 배설물을 손바닥 위에 던졌다
말릴 새도 없었다

비가 몹시 퍼붓고
파도가 바다의 손을 넘어 버린 날
손바닥엔 아무것도 남은 것이 없었다

그 바다를 잡아먹은 산책로에
떡하니 생긴 주인 없는 고물상
해변으로 질러가는 길은 막혀버렸다

버려진 것들 흘러들어 층층, 산이 되어 갔다

술 취한 사내도 덩달아 맥주 캔을 던졌다
순간 튕긴 캔은
볼일 보던 갈매기의 이마빡을 쳤다

말릴 새도 없이
바닷속 잠자던 구룡 비늘이 꿈틀했다

허虛 더하기 무無

가나다라마바사아 자차카타 파, 하

나의 돌계단은 차곡차곡 이렇게 쌓으려
다른 사람이 먼저 간 길을 힐끗힐끗 살피기도 했다

라하다카차 파자마 사바하, 아
마음과는 달리 뒤죽박죽 얼기설기
바람[望]과 바람[風]은 늘 역방향

사다리 밟아 올라간 초가지붕엔 올망졸망한 곶감들
아늑한 볏짚은 햇살이 지핀 군불
자고만 있기에는 초승달 뱃가죽이 너무 엷었다

차도 따라 쉬이 띄우려는 마음은, 애드벌룬
카더라 소문에 얇은 귀 열어놓고
타他와 나[我]는 빼먹은 줄도 몰랐다

파할 때가 돼서야 달아오른
하! 노을.

시詩에게

너, 나 사랑해?

응

그럼, 그렇지, 말이라고

얼마만큼?

엄지척
두 팔로 안는 척
가슴 속살 보여주는 척
두 손으로 하늘 떠받드는 척 척

그거 말고! 는
아무것도 보여줄 수 없는
나는

등신!

통도

영축산 능선은 설원인데
절 마당 붉음은 어디서 오는가

통도사 영각이 나누어 주는 탄성
셔터 눌린 사진기마다 꽃망울 터트린 자장매

사진작가라며 화가라며 몰려든 사람들에게
갈아입히는 세속의 옷

북새통 이루다 다 빠져나간 자정
여운으로 남은 대전 목탁 소리는
붉은 번뇌다

낮이나 밤이나 같은 법문에
먼저 생각이 트인 자장매
살갗이 튼 채 무릎 꿇은 도반들은
도량이 법당이 아니고 모래밭인 연유를
묻고 또 묻는다

영축의 능선을 걸어 내려와 통도사에 들
저 많은 눈들 앞에 고개 들어 보여줄

매화의 입가에 붉은 통도가 걸렸다

들다, 동면에

울긋불긋한 잎들이 내려와
등 시린 바위를 덮는다

뛰어내리며 방황의 몸짓 익힌 잎들
보태는 엉덩이 체온에서
나무의 팔뚝에 매달려 악다구니 쓰던
갖가지 사연들을 읽는다

눈물 훔치며 날아도 보았고
구름 등짝 쓰다듬어도 보았을 테지만
솟구치다가 펄럭이다가 날아가다가
그래도 바닥으로 떨어지기는
마
찬
가
지

겨울나무 밑동이거나 바위틈이거나
문 열고 들어가

함께 겨울을 보내자고
자꾸 문자를 보내오는 나뭇잎

꼬드김에

바위인 나,
쓰고 있던 초록 모자를
가만히 내려놓는다

흑백의 방

바다와 하늘이 맞붙은 틈으로
널따랗게 뽑아 올린 무명천
맞닿은 서쪽도 동쪽도 하얗다

너른 바다의 품은 가까이
광주리에 담은 노을의 온도에
알로 깨어나는 섬들

내다파는 사투리 억양은 달라도
그 색깔 그 선에서
생겨나는 옷과 그릇들은
머지않아 검은 처마에 들겠다

보일 듯 보이지 않는 선線과 색에
영속되는 아이들
살아갈 날들과는 무관하게
함뿍 젖어 바다를 본다

나는 백지에 또 어떻게 섬을 그려 넣어야 할까

지우고도 지워지지 않는
너와 나의 경계에도
깜빡깜빡 불 켜지는 등대
스위치를 달아 두기로 한다

증도에서

해 바뀜 들머리는 갯벌
발바닥 뭉클하다

불순한 것 다 빼고
밀려오는 증도 바다 포말
나 맨발로 뛰어든다

몸 곳곳 세포와 하나 되기 위해
캄캄한 어둠 속 걸어온 붉은 모래는
물의 입자와 섞이면서
외로움에 혹독하던 나를
조금씩 희석시킨다

마음의 사진 한 장 인화되듯
오래전 떠났다 다시 돌아온 사람들
스멀스멀 밀려오는 바다 물결에
어깨를 내어준다

내가 나를 밀어 넣은 바다는
당겨지는 미역줄기 끝에서
이마 맑은 해로 떠오른다

맨발

가을 한낮, 미꾸라지[鰍]가
빠져나간다, 발가락 사이로

어찌나 빠른지
잡으려야 잡을 수가 없는 시간이
길이가 서로 다른 다리로 떨어지면
아무 일도 못 하는 바닥은
낭패狼狽로 질퍽하다

큰대大자로 드러누워
종아리에 달라붙던 거머리들을 떼어
뭉게구름 떠 흐르는
유년의 하늘로 던진다

잡으려 해도 잡을 수 없던 것들은
모두 어디로 갔나

이승은 질퍽한 봇도랑

하늘 청소

정신이 허기진 어느 시인은
촘촘한 별을
맛있는 밥알이라 노래했다

천막 위에 내리는 별을
눈물과 함께 주워 모아
캔버스에 꾹꾹 눌러 담을 수만 있다면
나는 유민流民이 되는 걸 마다치 않으리

밀려와 닿던 별에
터질 듯 부풀어진 내 몸은
여름밤 고향 집 평상에 누운 채로
둥둥 여기까지 떠밀려 왔다

흥부네 집 가마솥 바닥 말라붙은 밥풀때기보다
별이 드문 지금
묵은 때를 지울 괘종시계 추가되어
애먼 유리창을 쓱쓱 문지른다

아파트 난간 거미 아주머니
외줄 의자에 앉아서
어두워진 내 마음의 거품을 마른걸레로 닦고 있다

수취인 부재

돌아가는 길 급하지 않은 편지는
한 열흘쯤 후포에 묵어도 좋겠다

너울 파도가 길을 막는 사연을
보랏빛 등꽃이 읽어 준다

처얼썩 쏴르릉 녹슨 페달 밟고 파도는
뭍으로 오르는 집배원이 되어
수취인 없는 등기우편도
등대가 서 있는 동안은 반송하지 않는다

팽나무가 띄워 보낸 사연들을
잔뜩 쪼아 먹은 비둘기는
바다로 떠나 돌아오지 못하는 사람들에게
읽어 줄 편지를 외우고 있다

애타게 기다리는 등대 불빛을
밤새 삼킨 등나무가
주렁주렁 걸어 놓은 등경燈檠

등기산이 있는 후포에 가면
번지수 잃은 나도
발 묶인 등대가 된다

눈 전갈

눈발 몰려오는 천왕봉
주목 뿌리의 체온은 몇 도일까

커피잔 올려둔 창틀 모락모락 수증기 속
오랜 흐느낌에 발톱이 아려와
천왕봉 능선에게 전화 넣어볼까

옆구리 뜨거워진 내게도 눈은 와서
너한테 뭐라고 카더나? 끌끌 혀를 차고는
등 돌려 훌훌 떠나기도 하겠지

소멸의 동굴 입구에서 활을 들고
제 흥에 겨워, 없는 표적 겨냥할 뿐인 나를
앞가슴 하얗게 문지르면서도
아는 척하지 않는 반달곰은
문득문득 잡혔다 지워지는
모성의 얼굴이겠다

사뿐히 내려앉고 싶은 곳은

혀끝부터 데워지는 찻잔 속 둥근 세상
목마른 바람에 떠밀리던 나
캄캄하던 동굴의 입구에 입술을 댄다

설피 갈아 신은 웅인熊人이
주목의 숲에서 어슬렁거린다

봄꿈

잠에서 깨어난 늙은 벚나무가
거울인 양 연신 들여다보는 연못에는
올챙이들 그늘 끝자락에 모여 있다

언제쯤 하늘 오를 수 있을까
까맣게 엉켜 머릴 곧추세우고 있다

못을 넘어, 둑을 넘어
건너편 개나리 울타리마저 너끈히 넘겠다는 듯
떼 지어 일으키는 물살에서
"엄마 이제는 아프지 마세요"
"로또 당첨되게 해주세요"
기도 소리 들린다

용이 되지 못한 이무기의 꿈이
닫힌 꽃봉오릴 틔우는 절집 담벼락
물방울 소리 같은
풍령 밑을 지나는 사람들

"아들 대학합격 바란다", "딸 취업 약속해!"
꼬리 흔드는 소원지들을 달고 갈 때
못물을 흔드는 올챙이들 방울 소리에
늙은 소경 벚나무가 함뿍 웃음 귀를 연다

부푸는 냄새

혼자 나선 등산길에서
비켜선 바위를 베이글 조각인 양 눈으로 씹으니
스멀스멀 무상급식 빵 냄새다

발효를 지나 딱딱한 가슴이어도
기억을 부풀리는 그 냄새
오랜 세월 지났어도
밀알 빻아지던 절구 속에 맴돈다

털털거리는 트럭이 있었고
짐칸에는 송판상자에 삐걱거리는 빵이 담겨 있었고
매연의 뒤를 쫓던 아이들의 코가 거기 있었지

트럭 조수의 꿈을 이루어 주리라 믿은
코에 물을 달고 다닌 그날의 친구는
지금쯤 대형 트럭 운전사가 되었으려나

산길에서 만난 돌멩이만큼이나
빵도 차도 흔해진 세상

은둔의 동네는 관광지가 되어
돌아온 내게 입장료를 내라 한다

부푸는 이끼 속에 남겨둔 마을
닫아둔 바위를 열고 들어간 내가
울렁증 빵 냄새에 군침이 돈다

다시 물귀신을 만나다

바짓단 사타구니까지 걷어 올리고
한밤중 하회 강물 건널 때

처녀의 걸음으로, 사내의 걸음으로 따라오는
희어서 처연한, 검어서 음습한
물귀신을 본 적 있었지

초등학교 육학년 밤수업 마치고
십여 리 떨어진 집 가는 길
물귀신은 언제나 잠들지 않고
발 빠른 친구들 뒤처져 오는
귀 얇은 나를 기다렸었지

처음엔 뒤끝이 당겨 등줄기 서늘했으나
서로 텅 빈 밤 여러 달 만나다 보니
팔짱 낄 사이는 못 되어도
마주 뒤돌아서서 함께 노래하는 사이는 되었지

그렇게 밤강을 건너며 자란 나

발 빠른 철부지 몇 앞세우고
다시 첨벙첨벙 그 강에 갔으나

알아보지 못하는 눈치인
하얗게 늙어버린 그 물귀신이
줄 없는 낚싯대를 걸어두고
그 옛날 내가 알려준 노래를
흥얼흥얼 건져 올리고 있었다

3

있다 없다

부용대芙蓉臺 꼭짓점에 선 나 아찔하다

강 건너 저편 하회마을
기와집 초가집 만송정 솔밭도 보인다

남아있으니 남았어야 했던 사람들
찾아오는 외지인들을 위해 다듬어진 길을
더 다지고 있다

가장 큰 건물이었던 학교는 보이지 않는다

돌고지바위에서 소용돌이 물속으로
홀딱 벗고 오므라든 것 부끄러운 줄 모르며
겁 없이 이마 처박던 천진난만도
물때에 미끄러져 사라졌다

없어진 것이 있어, 있는 것도 덩달아 낯설다

물 불어 뱃사공 배 못 띄우니

집으로 돌아가라는
확성기 속 선생님 목소리
있다
없다

관망

느티나무 우거진 잎들 틈새 숨은 새를
어떻게 찾을 수 있을까

잎들과 어울려 보라고 심심하던 바람에게
나, 자릴 비켜주려다가
바람 없이도 출렁이는 보호수 잎 속
몇백 년 전쯤 숨은 새를 본다

내가 절 찾는 줄 몰랐다는 직박구리
지금껏 날 데리고 놀았다는 듯
저는 이미 날 지켜보고 있었다 한다

솟구쳐 오른다, 나 잡아 봐라 하는 동작
일찌감치 아내를 떠나보낸 친구가
사랑학 개[서]론을 펼친들
바닷가 모래밭도 아닌데 누가 귀담아듣겠는가

잡으러 가야 하는 것인지
말아야 하는 것인지 헷갈려 그냥 웃는 나는

내가 찾으려는 것이 새가 아닌 것을 안다

갸웃거리는 새의 고갯짓을
나 또한 습관처럼 닮아 가면서
큰 천장을 가진 덩치의 나무를
오늘도 내일도 올려다보고 있다

꽃이 사람이다

떨어져 포개어지는 꽃잎 쓸어 모아
머리 위로 냅다 날리며
스냅사진 부탁하는 그대는
발목양말 레이스가 환한 소녀다

날리는 꽃잎 따라 저도 나비처럼 날고 싶은 건가?

사람꽃이네 하려다가
광택 나는 웃음을 구두코에 던진 나는
한 번 보고 말면 그만인 가는 봄의 여운을
처걱처걱 누르고 말았다

내가 누른 것은 카메라 셔터가 아니라 꽃일 것이다

한 품에 안기는 그이보다
한 품 하고도 넉넉한 벗 품인 내게도
시커먼 살빛을 배경에 둔 내게도
그녀는 스냅사진 찍어주겠다 한다

내가 바로 날고 싶은 꽃이라고 말하면
혹여 그녀에게 제정신 아님이 들킬 것 같아서
매미 같은 그녀를
나무인 나는 찰싹 안는다

떨어진 꽃들 하나둘 하늘로 날아오르고
그제야 물오름에 깊어진 나는
찌르르 머리끝 달아오르고

母家

달포 전에 닭 세 마리 사다가
튼실하게 살찌워 놓은 어미는
모가지 힘껏 비틀어놓고
닭털 뽑을 물 염천 마당 솥에 끓였다

목 비틀린 채 달아난 것이 분명한 듯
그단새 한 녀석이 사라졌다
동네를 다 뒤져도 찾지 못했는데
열대야에 집으로 터벅터벅
놀랍게도 떠났던 놈이 돌아왔다

비틀린 죽음의 공포가
생의 마침보다 컸을 것인데
손아귀 안의 고통 다 잊은 듯
붉다 만 벼슬을 사루비아꽃 틈에 감춘다

닭백숙을 가마솥에 푹 고아 놓고
어미 생일 챙기러 온 자식들
널브러져 든 잠 반듯하게 누이다가 힘 부쳐

되레 비틀어진 목

뒤틀어진 허리에 붙어버린 목이
이제야 제대로 맞추어진 것이라
어미는 너스레를 떤다

그림자밟기

깨진 소주병 조각 꽂힌 담장 위를 고양이가 걷는다. 잘 포장된 도로 위를 내가 걷는다. 속도는 비슷하다. 그는 그대로 나는 나대로 곁눈질하며, 그는 꼬리를 나는 허리를 곧추세우며 발소리 죽여 걷는다. 그는 왼편 난 오른편 습관처럼 꺾어 돌다 보니 갈림길, 우리는 그제야 눈을 맞추었다. 따라가고 싶은 사람이나 마주하고 싶은 사람이나 마음은 벌써 그림자밟기인 것을, 순간 이내가 드리워진다. 각자의 곳으로 돌아가지만 꿈에서라도 지워지지 않는 그림자, 고양이와 나의 길은 언제쯤 경계인 담장을 허물까

수직과 수평은 어디서 어떻게 만날까

허물지 못할 관계라면 뒤바뀌어도 좋을
고양이는 그림자, 나는 술래

단산지 맨발걷기

한 번도 넘친 적 없는
단산지 물비늘 둘레를
낮달 냄새 따라 맨발로 걷는다

안내판 앞에서 양말 벗은 나는
가설무대에 처음 오른 약장수처럼 어설프다

마사길, 자갈돌길, 응달길, 양달길
낯설지 않은 걸 보니
다 살아온 삶의 길이다

이런저런 길 지나
아픔도 차가움도
황토 흙탕길에 발 담그니
고향 집 우물이다

벗음의 자유와 담금의 평온이
껍데기 안쪽까지 스민다

미나리꽃

도랑 너머 널따란 평지에
굽쇠 모양 철근이
앙상히 비틀려 있다

찢긴 비닐 펄럭이는
그 밭에
수북 모여 핀 하얀꽃

당찬 꿈 가슴에 안고 귀농했던 젊은 사내가
백기처럼 던지고 간 손수건
얼룩덜룩 곰팡이꽃 피고 있다

꽃을 밟고 가는 나비의 눈
향긋한 허공에 이르러 맥없이 추락하는 시늉에
놀란 꽃들 일제히
공기매트처럼
출렁 부풀고 있다

성묫길

며느리는 쑥 뜯고
아들은 잡풀 뽑고

아들은 거기도 살 만하냐고 물어보고
며느리는 다 안다는 듯 쑥만 뜯고

생전에는 움직임 없는 아들 얼굴근육 보고도
척척 알아 답하시던 엄마는
묵묵부답

살라는 잔디는 자꾸 죽어가고
죽었으면 하는 잡풀은 자꾸 살아나고

끌고 간 승용차 짐칸에
무 배추 깨 마늘 고추
뭐 이런 것들
채곡채곡 잘 쟁여 넣으시던, 엄마는
인기척이 없고

쑥국이나 한번 끓여 먹으라는 듯
쑥국새는
열려진 짐칸 뒤에 와서 뭐라 뭐라 하고

반란은 계속된다

뽕나무 밭이 푸른 바다가 되면
밭이 잘된 일인가
바다가 잘된 일인가

윗집에서 기름 한 병 얻었다는 아내가
참기름인 줄 알았는데 들기름이네 하며 좋아라 한다

참기름 아낀다고
들기름으로 나물 무치던 어머니는
며느리 그 모습이 제 상태로 보이려나

물 걱정 없는
집 앞 오심키 논에 공들이던 어머니는
속 태우던 산비알 잡초밭이
다섯 배나 더 값나간다는 것을 아시려나

어쩌다 색 나는 조를 섞어 밥상에 올리면
쌀 공출 당한 어린 날 조밥에 신물 났다며
싫은 기색 보이시던 어머니는

백화점 좁쌀 가격표를 믿으시려나

그래도 어머니는 이렇게 말씀하실 것 같다

돌고 돌아야지
암, 돌고 돌아야지
늘 그 모양 그 꼴인, 너도

밤 이야기

붐비는 길모퉁이 노점
베트남인 여자가 운영하는 밤 가게
밤꽃 같은 종이 봉지를 건네받으며
나 문득, 구멍 하나를 본다

벌레가 들어간 건지, 빠져나온 건지
굴 뚫린 밤이 아는 척하기에
"썩었네, 밤이" 하는 나를 향해 주인은
(속 썩지 않고 발아되는 것이 어디 있나)
"썩어야 밤이지" 하며
천진한 웃음을 지어 보인다

전쟁 통 혈기왕성한 아들 먼저 보내고
남편마저 잃은 시할머니
오래 모시고 살아서인지
베트남댁은 억척이다

낯빛 밝은 그녀가 무심히 내뱉은 말 한마디
"썩어야 밤이지"

그녀가 살던 베트남에서도
썩음으로써 새롭게 발아되는 게
씨앗만은 아니었나 보다

웃음이 민들레 같은 그녀가 풀어놓은 밤벌레는
나를 오래도록 따라다니며 꼼지락거린다

독대

원망이나 한탄에게도 알알이
눅진한 가락 들려주지 못했으니
달은 조심조심 둥글어질 대로 둥글었다

얼기설기 짜인 잠박에서 졸고 있는 누에들

어른어른 스민 달빛이
막 잠결에 들 그대 놀랄까
디디는 발소리 낮추어 걷는다 해도
가지를 가지가 부비는 소음에
잎 다 갉아먹은 누에들은 잠결에도
한 번씩 몽중에 몸을 뒤척인다

차가운 빛을 이기지 못해
그림자도 서로가 서로를 부빌 때
마음 닿은 자리는 그렇게 허허했구나

자신을 둘러싼 달무리를 풀어
허물어질 줄 알면서도 집 지어 놓고는

내가 나를 부비는 소리만 남겼다

말 한마디 건네지 못하는 내게
단둘만 마주한 용지봉 달은
한 오라기 내려갈 길을
슬슬 슬림한 달빛으로 풀고 있다

관계

차가 들어갈 수 없는 골목 끝 카페
테이블은 달랑 세 개
커피콩 볶는 냄새가 싱싱하다

맛이 있는 집과 분위기가 좋은 곳 중에서
내가 선택한 것은 맛이 좋은 집

이 카페 분위기 좋네!
작은 방 하나 얻어 자취하던
첫 근무지를 떠올리고는
난데없이 내던진 한마디
누가 짐작이나 할까

맛집이라고 소개한 아이는
맛이 아니라 분위기 좋다는 나를 향해
뭘 좀 안다는 듯 빙긋 웃는다

너는 네 기억으로 혀끝을 적시고
나는 내 추억의 구수함에

슬그머니 코끝을 내밀 수 있다면
제대로 찾은 맛집 아니겠나!

맛과 분위기의 경계에 놓인 탁자는
흡족해하는 코와 혀의
검은 수평을 허물고

실직 그 이후

움켜쥐었던 호밋자루 바위에 내려놓고
달래 한 줌 쉬었다 캘 생각에
짧은 잠, 들었던 것 같은데
깨어보니, 어느새 산은 푸른 힘줄이다

터지기 전 터짐에 대한 두려움에는
도탑게 속을 보여주지 않는 참꽃봉오리가 있어
비탈은 되레 마음 꽁꽁 닫는다

손 들이밀어 벌리는 초록의 틈새는
얼기설기 메워진 가시넝쿨
흙 묻은 바짓가랑이 탈탈 털며 나를
자꾸 빈손으로 일어나게 하고

달래도 제대로 캐지 못한 손이니
더욱 살가운 건 참꽃
호미와 함께 거머쥔 손이 뜨겁다

아내의 손에 쥐여줄 달래를 얻지 못한 나는
초록의 비탈을 비틀비틀 내려와
개울물에 흙 묻은 호밋자루를 헹구어 씻으며
분홍 뒤에 찾아올 캄캄한 감옥을 힐끗힐끗 살핀다

독거

혼자이면서도 혼자란 걸 몰랐을 땐
울더라도 눈물은 보이지 않았다

혼자라는 두려움을 느꼈을 땐 이미
눈가엔 울음 그늘이 깊어졌다

간섭 없이, 맘대로 할 수 있어 좋았을 땐
이리저리 던져두던 전화기
아무도 안부조차 물어오지 않는 지금엔
손안에 든 전화기 놓지 않는다

물귀신도 공동묘지 귀신도
물이고 흙일 뿐
미루어 둔 약속들이 겁나지 않던
그런 혼자였던 때는
오래된 우물처럼 허물어지고

울어야 할 일도 울려야 할 일도
웃어야 할 일도 웃겨야 할 일도
더는 없어진 오늘
맹물에 컵밥 덩어리째 말아 본다

혼잣말

지금 쓸쓸하고 서늘할지 모르지만
내가 보기에 너는 알차게 살았다
누구보다 열심히 살았다
내가 보증한다

상처한 친구의 생일 초대를 받고
밥값으로 며칠 고르고 골라 준비한 말
반쪽의 진실 같아서
나는 끝내 전하지 못했다

오늘 하루 잠시라도
하던 일 내려놓고
집중을 버리고
판단에 얽매이지 말고
놀이하듯 축제하듯, 어때!

내려놓아라, 열어놓아라, 받아들여라

초대에서 돌아온 나는 친구에게 말하듯
벽 보고 중얼거렸다

4

비명을 계산하다

단풍 든 갈참나무 산 중턱
너럭바위와 쓴 커피 한잔한다

머리를 탁! 때리는 꿀밤
아프다, 보호막도 없는 정수리

한 사람이 여물어 간다는 것은
떨어지는 무게의 충격도
느낄 만큼 느끼는 것

바람의 속도는 계산에 넣지 않았다

더 많이 허물어질 날
아직 남은 걸 알기에

풍경, 흔들리지 않는

울음이란 슬플 때만 나는 게 아닐 테니. 바람이 분다는 건 바람이 익어 간다는 거. 바람이 없다는 건 지겟작대기가 아직도 땅바닥에 꽂혀 있다는 거. 그리고 드러누웠다 일어났다 그리고 꺼졌다 제자리로 돌아오는 거. 삶이란 바람 부는 억새밭에서 흔들리며 노래하는 거. 그런 거

풍경, 그가 내는 소리를 슬픈 울음이라 단정하지 말자

탄성이란 기쁠 때만 내는 건 아닐 테니. 바람이 없다는 건 온실 속 화초가 꽃 피울 수 있다는 거. 바람이 분다는 건 바람이 사라져 간다는 거. 일어나려다 누워버린, 제자리로 돌아오려다 미끄러지고 마는, 그게 아수라라는 거. 비탈진 산길 뿌리째 뽑힌 소나무는 알고 있을 터

풍경, 그가 내는 소리를 기쁜 탄성이라 단정하지 말자

83

멍

흠뻑 물에 젖은 돌을 건져 올려
손바닥 위에 놓고 본다
어떻게 매력을 만질 수 있겠어
손이 왜 손이어야 하는지는
오래전에 묻지 않기로 했으니
얼마나 빨리 말라가는지를 본다
뼛속까지 푹 젖어 있는 줄 알았지
얼마나 오랜 시간을 물속에 있었는지를
손은 돌에게 묻는다
물속에 도로 넣어줄까를 고민한다
깨트려 볼 수 있는 것이 아니었으니까
마르는 멍을 쓰다듬어 본다
끌려나온 돌에게 던지는 물음들
푹 젖어 있어야 더 곱던 색
돌 같은 돌을 찾아 뒤집던 눈
손대지 않고 돌을 건져 올릴 방법도
한때는 내 고민이었다고
고백한다, 체온이 물기를 더 빨리
빨아먹을 수도 있어

침묵이 부르트는 게
나는 보기 싫었는지도 모르지
흐름 속에 잠겨 있던 돌
인연이 아니어서 툭 내려놓는 무게로
강물은 여전히 푸르게 흐르고
멍하니 내 눈은 더 먼 곳을 보고 있다

이런 화상을 봤나

울타리 안 코 맹맹한 돼지가
약간의 시장기에 꿀꿀거린다

한 해 세 번이나 예방주사를 몰아 맞은 나는
긴 호흡 중인 소파에서
TV 속 칸첸중가 오르는 이들의 거친 숨소리를 듣고 있다

아플까 봐 포기를
많이 아플까 봐 우린 작은 상처를 선택하곤 하지

차라리 마음껏 아파할 걸
사랑할 줄 아는 인간이니까 소리칠 걸
그러나 나는 나를 믿지 못해서
구원의 손길을 기다리곤 했던 거지

작두날 같은 빙벽,
예방의 방에 나는 갇혀 있고
찰떡처럼 달라붙은 궁합 좋은 눈의 침묵에
크레파스는 두 번의 실패를 이야기하지

삼천고지의 약속을 되밟아본 적 없는 내가
습관처럼 또 팔을 걷어 올린 내가
세상 걱정 다 내려놓은 소파에서
이리저리 용을 쓰는 꼴이라니

제목 달기

'흐르는 주마등 동서라 남북~'

노래 한 소절씩을 읊조린 할머니는
제목을 알고 싶어 하였다

라디오 방송에 사연 적어 보내는 것도 아니고
요즈음처럼 노래방이 있어 제목 입력해야 하는 것 아닌데도
할머니는 노래 한 곡 다 외진 못해도
제목만은 꼭 궁금해했다

흥에 따라 그냥 노래를 부르면 되지
제목이 뭐 그리 중요하냐고
건성으로 회피하면
잃어버린 길 찾듯 이 식구 저 식구 붙들었다

평생 글 한 줄 써 보지 않으신
문맹을 겨우 벗어난 할머니가
제목에 그리 연연한 연유는 무엇이었을까

88

노래 가사마다 다른 사연처럼
제목 달린 다른 인생을
어떻게 맨 앞에 앉힐까
할머니는 늘 고민이 깊으셨던 거다

그가 시인이었다

유기되다

섶다리 건너 큰 마을까지 내키는 대로 쏘다니다
그을린 봉창 호롱불 밑에서야
어슴푸레 아는 척하던 우리에겐
목줄이 없었다

같은 솥에 지은 밥 함께 먹다가
각자의 것 넘보려 하지 않다가
유학儒學의 식구를 닮아갔다

비 맞은 날 누린내가 누릿누릿 기어와도
얼굴빛 바꾸지 못한 건
체면이란 걸 알았기 때문이다

내 종아리 가려운 것과
그의 코가 벌름거리는 건 별개
혓바닥이 종아릴 쓱쓱 훑은 연유는 묻지 않았다

홀연히 사라진 누렁이 가족 하나를 두고
소문엔 개장수가 훔쳐갔을 거라 하고

암캐 뒤를 쫓아갔을 거라고도 했다

그러나 한솥밥 먹은 우리는 아무 말도 하지 않았다

어깨 축 늘어뜨리고 걸어온 길에 들이미는 코
점등 트리 꺼진 광장을 어슬렁거리다
혼자 돌아갈 집이 먼 우주 밖인 걸 알았다

앵

제 곤한 잠 깨웠다는 듯, 그 자리 내어 달라는 듯
멀어졌다 또 다가오는 모기란 놈

어두워서 보이지도 않고
불 켜 싸움 걸기엔 체급이 그렇고
잔털 세운 얼굴에라도 앉아주길 기다리는데
다가오다 다시 멀어지는 UFO 같은 놈

내가 저를 깨운, 내가 제 자리를 차지한
그래서 저도 방황하며 내지르는 고음의 비명일 수도

처서 지나면 입 삐뚤어진다는데
동지 몇 날 앞둔 지금
그 입으론 물지도 못할 건데
저나 나나 따지고 보면
내 것이라고는 원래 없는
생의 끄트머릴 잡고 있음인데

앵, 소리가 밤 적막을 삼키고

잠, 그 길을 빚진 마음으로 따라가려 해도
제 갈 길 멀리 날아가기 바쁜, 이놈

청춘 허비한 내 초소의 경계가
철없이 허물어지고 있다는 소식이
한밤중의 심기를 뒤틀고 있다

꽃다발 증정*

마분지馬糞紙 한쪽 면이 너덜하다
뜯겨진 채 아직도 남아 있는 스프링노트 자국
문제는 드로잉에 홀로 남겨진 글이다

술
않 먹을수도 없고
먹을수도 없고—**

술을 마셔야 천재가 된다던 수화樹話
늦은 밤 귀가하며 고국의 아내에게 증정한
그 꽃다발이 아닐까

멋쩍기도 하고
우스꽝스럽기도 하고
술병 같은 풀꽃 한 다발
공손하게 거머쥔 손
말똥지 한가운데로 접혀진 선

사랑하는 사람에게 안겨다 주고 싶은 꽃

한 다발, 용수철처럼 튕겨 오르진 않을까

드로잉은 그림 이전의 선禪
웃음과 울음 사이

기다리는 사람 하나 있다면
나도 태평양쯤은 건너뛸 수 있겠다

  * 김환기, 마분지에 습작한 그림 제목
  ** 2연은 작품에 어린아이 글씨체로 적어 놓은 글 그대로

다면경

한때 주민센터 스포츠 댄스 파트너였던 열 살쯤 어린 여인
십 년쯤 되었나, 못 본 지

-나 모르겠어?
반가움에 들이민 얼굴 못 알아본다
-나 알아요? 그럼 마스크 벗어봐요
마스크 벗은 나에게 그녀는 대뜸
-언니, 꼬라지가 왜 그래요?

동네 병원 다녀오는 길
더운 날 마스크까지 했으니, 그래도 그렇지
반갑던 참외 툭툭 봉지 비집고 나오려 한다

기미도 없이 옆구리 터지는 김밥처럼
시렁 아래 낮잠 자다 떨어진 베개에 얻어맞은 것처럼
축 늘어진 오늘의 이 상황
친구에게 폰으로 시시콜콜 들려주니
"우리 나이에 니만 한 꼬라지도 없다 아직 괜찮다." 하는 그의 답

그럭저럭한 조그만 골목 모퉁이에서
참외 몇 무더기 놓고 팔고 있는 그녀의
"꼬라지 왜 그러냐?"는 말을 아삭하게 한다

수박과 도둑쥐 *西瓜偸鼠

서鼠
인물 좋고 속 잘 익은 것 하나 찍어
마님은 속살 붉은 맛에 쫓기듯 취하고
서방님은 망보느라
고개가 하늘에 닿았다

서과西瓜
귀하게 점지 받아 숱한 난관 견뎌내고
푸른 장막 안에 붉은 점액 가득 채워
맛나고 멋 나게 영글었더니
내키지도 않는 녀석한테
제 맘대로 갉혀서
드러난 부끄러움 감출 수도 없다

서에도
서과에도 관심 없는 잡초
바랭이풀과 달개비꽃은
붉을 대로 붉었고 푸를 대로 푸르렀다

땡볕 삼키고 일군 둥근 집에는
서방 쥐 마님 쥐 둘이서 들락날락
제 식구 다 데려올 마무리 채비가 즐겁다

  *西瓜偸鼠-겸재 정선의 그림 제목

구전설화

지상에서 샛별까지 건널 수 있는
무지개다리도 거진 완성되어 갔다나

인간 비슷한 것이 지구에 살고 있었다나

그때도 신은 있었다나
행성 연합체의 노여움이 지구 상공에
마이신 캡슐만 한 바이러스를 터트렸다나

혼돈에서 원시를 깨고
인간 닮은 인간들이 또,
없는 내일을 꿈꾸고 있었다나

구름 뚫은 바벨탑 이야기는
여전히 유물처럼 전해지고

양은 냄비 속 라면 끓는 시간에
진공 포장한 비행체가
달까지나 다녀왔다나

나비의 난전

골반 물컹한 할머니가 파는 냉이는
듬뿍 옮겨 담는 말들로 쌓은
나비의 탑이다

저 보시 허물어질 듯 허물어지지 않는다

장날이면 선도蟬島에서 배 타고 나와
짜장면 한 그릇 사 잡수시고
왔던 뱃길 도로 돌아가야 한다는 말씀에서
뚝 뚝 끊기는 뱃고동 소리 들린다

지도읍 장터 난전에 내다놓은 주름살이
얼마에 팔릴지는 아무도 모른다

어찌 산다는 근황을 척척 탑머리에 올리다
자식 대목에 이르러서는
뚝 뚝 닫히는 말문
혼자 사는 설움이 한 봉지 가득이다

자식 이야기가 낭군 이야기로 되돌아올 때마다
어찌 달아날까 궁리 중인 냉이는
사람 냄새 맡으며 킁킁거린다

난전의 비닐봉지 공중은
8字춤 추는 나비 한 쌍 제짝 만난 듯
어둠의 안쪽 탱탱하게 부풀려진다

남천나무 따라하기

담벼락 아래 모인 남천南天나무
월동 대비 반상회 열고 있다

가을볕에 열매가 영롱한 걸 보니
한 번씩은 꽃 피웠을 것이고
벌 나비 놀다 갔을 것이고
푸르던 열매가 농익었을 것이다

직박구리 몇 마리 내려앉아 쪼는 열매는
권력 혹은 재력이라는 맛
담장 안쪽 집주인은
한 번도 반상회에 얼굴 내민 적 없다

투명해서 더 단단히 닫힌 창
벌, 나비, 달팽이, 나도
집 안으로 초대할 수 없는
처마까지 높은 집 사람들

모양 다른 그들 각각의 열매들에게

말똥 소똥 개똥 별똥 해 달 은하수
나에게 이런 이름들이나 붙여주며 놀라고
담장 밖 남천나무 심은 건 아닐까

살금살금 다가가 마주 보아야만
철마다 얼굴 바꾸는 게 보이는 콧대 낮춘 나무

부력을 찾아서

뛰어야 한다는 걸 눈치챘다

황금빛 잔디밭에 셋이 마주 서서 손잡고
뛴다. 하늘 향해
뛴다고 날 수 있다는 건 아닌 줄 알면서도
팔짝 뛰었다가 착지하는 양발

발로 하는 가위바위보
앞뒤로 벌리고, 모으고, 옆으로 벌린다

이겨도 그만 져도 그만
비기면 한 판 더
이래도 저래도 삼세번은 더 뛴다
꼴찌가 나타날 때까지, 그냥 뛴다

꿀밤 먹이고 팔목 때리기가 아닌
그런 세상에서 뛴다

여러 번 뛴다고 하늘 구멍 날 일도

땅 꺼질 일도 아닌
맞잡은 손이 따스해지도록
뛰고, 뛰고 또 뛴다

빗방울 튀어 오르는 소리에 놀란
소금쟁이 심장이 불뚝불뚝 뛴다

슬픔의 안과 밖

승용차 가로질러 날던 비둘기
부딪혀 활개 펼치고 드러누운 그 언저리
몇몇 비둘기 아직도 날고 있다

밖은 겨울인지도 모르는 아홉 종의 꽃이
길을 내려다보며 핀 베란다엔
안과 밖을 목격한 나
까박까박 졸다가 분명히 올 봄을 또 기다린다

날개 뻣뻣해진 한 마리 새를
몽블랑 설산으로 데려가
마음의 크레바스에 묻고 온 저녁에도
몇몇의 비둘기는 부딪혀 죽고
남겨진 비둘기는 여전히 날고

이제 그만 파닥거리라고
퇴화한 날개를 다독이는 건
제철 모르고 피어나는 꽃들

심장 오므라든 아스팔트에겐
지나는 누구도 눈길 주지 않는다

더 나은 삶에의 꿈과 열망

이태수

더 나은 삶에의 꿈과 열망

이 태 수 | 시인

  i) 서교현 시인은 더 나은 삶을 끊임없이 지향하며, 시 쓰기는 그런 삶을 향한 열망에 불을 지피는 꿈꾸기다. 마주치는 현실은 어둡고 무거우며 무상감無常感이나 낭패감에 빠뜨리는 경우마저 없지 않지만 한결같이 그 무게에 눌리거나 함몰되지 않는 의지를 끌어안는다.

  이 같은 삶의 자세는 현실을 뛰어넘으려는 의지가 완강하고 공고하며, 자연과 고향은 언제나 가서 안기고 싶게 하고 그 속에서 질박하게 살아가는 사람들이 변함없는 그리움의 대상이듯이, 이지러지고 왜곡되기 이전의 본향本鄕으로 회귀하려는 꿈과 그 마음자리가 은밀하게 받쳐주기 때문으로도 보인다.

  미시적인 데서 거시적으로 확대되고 확산되는 그의 시적 상상력은 상투성을 벗어나 대상을 내면內面으로 끌어들여 주관화된 정서(서정抒情)를 빚어내면서도 거의 예외 없이 보편성과 연계되고, 근본적으로는 삶을 들여다보는 시선과 가슴이 너그럽고 깊다는 점도 두드러지는 미덕이다.

ii) 시인은 자서自序인 '시인의 말'을 대신해 시 「늦잠」을 올려놓고 있다. 시를 향한 자신의 심경心境을 진솔하게 밝히고 있다. 이 시에서 시인은 "그대 다녀가는 길은/발 헛디디면 떠밀릴/가시밭길//그 허기의 뒤가/또 울컥울컥이다"라고 토로한다. 시(그대)가 찾아와서 헛디뎌 떠밀리지 않기를 바라며, 헛디디고 마는 가시밭길이 아니기를 소망한다.

주체와 객체를 뒤바꿔 자신이 찾아드는 시를 놓치지 않고 싶은 마음을 역설적으로 그리고 있다고 봐야 한다. 하지만 놓치고 마는 허기를 벗어나기 어렵고, 그런 허기를 느끼게 되면 '울컥울컥'하지 않을 수 없어진다. '늦은 시의 길 가기'를 '늦잠'이라고 표현하는 점도 같은 맥락脈絡으로 읽힌다.

너, 나 사랑해?

응

그럼, 그렇지, 말이라고

얼마만큼?

엄지척
두 팔로 안는 척
가슴 속살 보여주는 척
두 손으로 하늘 떠받드는 척 척

그거 말고! 는
아무것도 보여줄 수 없는
나는

등신!

ㅡ「시詩에게」 전문

　무늬는 화자와 시가 주고받는 대화지만 그 결이 독백獨
白으로 보이는 이 시는 「늦잠」의 한 이면裏面을 구체화하고
있는 경우다. 시가 자신(화자)을 더 이상 형용할 수 없을
정도로 사랑한다고 표현하다가 뒤의 두 연에서 자신이 그
렇다고 반전시키며, 자신은 시를 지극히 사랑하지만 그것
밖에는 아무것도 보여줄 수 없는 '등신'이라고 자조自嘲하
기도 한다.
　이 역설의 반전反轉은 시가 자신을 사랑하는 무게만큼 자
신이 시를 사랑한다는 의미를 넘어서서 자신을 '등신'으로
여길 정도로 시를 향한 열망이 뜨겁다는 뉘앙스로 읽힌다.

시를 사랑하는 것만큼 그것에 상응相應할 정도의 시를 쓰고 싶다는 간절함을 역설적으로 표현하고 있는 셈이다.

나는 백지에 또 어떻게 섬을 그려 넣어야 할까

지우고도 지워지지 않는
너와 나의 경계에도
깜빡깜빡 불 켜지는 등대
스위치를 달아 두기로 한다

—「흑백의 방」 부분

더 나은 삶에의 열망을 노래하는 듯한 이 시 역시 앞의 시와 같은 맥락에 놓고 읽어도 좋을 것 같다. 불이 켜지는 등대에 스위치를 달아 두기로 한다는 의지를 보이며 "지우고도 지워지지 않는" 시를 향한 강한 의지를 드러내고 있다. 백지에 그려 넣는 '섬'은 창작의 결정체이며, 등대의 불 켜기는 이를 유도하는 유인력(견인력)뿐 아니라 추동력推動力도 만들어 주는 행위라고 볼 수 있다. 「하늘 청소」는 또 다르게 정신이 허기진 어느 시인과 거미처럼 외줄을 타고 난간 유리창 청소를 하는 아주머니를 끌어들여 자신의 시적 소망을 포개어 보이는 시다.

정신이 허기진 어느 시인은
촘촘한 별을

맛있는 밥알이라 노래했다

천막 위에 내리는 별을
눈물과 함께 주워 모아
캔버스에 꾹꾹 눌러 담을 수만 있다면
나는 유민流民이 되는 걸 마다치 않으리

〈중략〉

아파트 난간 거미 아주머니
외줄 의자에 앉아서
어두워진 내 마음의 거품을 마른걸레로 닦고 있다

—「하늘 청소」 부분

   이 시에서는 개성적인 시를 쓰는 '어느 시인'처럼 자신도 '눈물과 함께 주워 모은 별'들로 '정신의 허기'를 메워 '맛있는 밥알'(시적 변용變容)로 만들고 싶다는 열망의 떠올리고 있다. 그럴 수만 있다면 이곳저곳으로 떠도는 사람으로 유랑流浪을 마다하지 않겠다고도 한다. 이는 시에 대한 강렬한 열망의 방증이며, 떠돌면서 천막 살이를 하더라도 시를 찾아 나서겠다는 굳은 결의決意라 할 수 있다.

   장면을 바꿔, 아파트 난간의 외줄 의자에 거미처럼 매달려 창유리를 닦는 아주머니가 "어두워진 내 마음의 거품을 마른걸레로 닦고 있다"며, 이 행위를 '하늘 청소'로 보는 시각도 눈길을 끈다. 맑은 유리창은 안과 밖을 구획 짓는 벽이지만 투명해야 먼 바깥(하늘)까지 내면으로 끌어들일 수 있게 한다.

이 때문에 창유리 닦기는 '하늘 청소'가 되기도 하고, 이 청소는 유리창처럼 '어두워진 마음'이 맑게 닦여져야 제대로 될 수 있다는 사실도 환기喚起한다. 그러나 양질의 개성적인 시를 쓰기 위한 '하늘 청소'가 결코 쉬운 일은 아니다. 그래서 시인은

> 여러 번 뛴다고 하늘 구멍 날 일도
> 땅 꺼질 일도 아닌
> 맞잡은 손이 따스해지도록
> 뛰고, 뛰고 또 뛴다
>
> —「부력을 찾아서」 부분

고 토로하는 게 아닐까. "갈무릴 새도 없이 흘려보낸 온갖 것들이 더 궁금해. 카시오페이아자리에서 북극성을 찾아본 적이 있어. 타래타래 얽힌 생을 풀 실마리라도 찾을까 하는 마음으로, 파고다 주변을 합장하고 돌고 돌아도 마냥 그 자리가 그 자리. 하지만, 하지만은 그러나와 함께 그 다음 말을 찾고 싶어"(「요요」) 하는 행보를 거듭하게 되기도 할 것이다.

'시인의 말'을 대신한 시 「늦잠」과 표제시 「타클라마칸,

혹은 쥐똥나무를 위하여」는 이 시집의 키워드 역할과 그 성격을 암시한다고 봐도 좋을 듯하다. 「늦잠」이 시를 향한 시인의 심경을 떠올리고 있다면, 표제시는 그 심경을 보다 복합적이고 구체적으로 떠올리는 '얼굴'로 보이기 때문이다.

죽은 쥐똥나무 분재盆栽가 아니라, 분재焚災다

죄스런 마음에 나는 마른 북어를 새끼줄로 묶어 걸어두고 몇 날 몇 해 물을 주었다

순간, 죽은 가지 옆에 줄기 하나 올라와 싹을 틔우는 게 아닌가

나무는 제 속에 생명의 하늘을 담고 있었던가
아니면 속죄하는 주인의 마음과 눈빛을 느꼈을지도 모른다

새끼줄에 매달린 북어가 입을 벌리는 이유도 아마 그랬을 터
다 하지 못한 북어의 말을 누군가 대신 전해 주리라는 믿음 또한 그랬을 것이다
새끼에 묶인 제 몸을 어쩌지 못해 몸부림치던 북어는
이제 죽어 쥐똥나무 속으로 들어갔다

(사막 어디쯤 죽은 시체 위로 정오의 태양이 내리쬔다)

어둠과 빛이 한 몸이 되는 시간, 쥐똥나무에 꽃이 핀다
가늘고 슬픈 꽃향기에 마음까지, 깊어진다

살아 돌아올 수 없는 사막 타클라마칸에 도마뱀이 나타났
다는
그리고 산란하는 앵치도 돌아왔다는
풍문이 잎처럼 돋아나고 있었다

        —「타클라마칸, 혹은 쥐똥나무를 위하여」 전문

 죽은 듯 새 생명력을 잉태하고 있는 쥐똥나무 분재를 들여다보면서 아무 생명체도 살 수 없을 듯한 모래사막인 타클라마칸으로 시야를 확대하는 발상과 상상력은 미시적인 시각에서 거시적인 시각으로 나아가는 비약으로 이 시를 한결 돋보이게 해준다.

 쥐똥나무와 타클라마칸 사막을 위한다는 이 시는 '분재盆栽'를 '분재焚災'로 바라보는 안타까움으로 출발하지만 죽은 듯한 분재의 나무도, 사막의 황막한 모습도 제 속에 '생명의 하늘'을 담고(품고) 간절한 '염원'의 힘을 입으면 '어둠과 빛이 한 몸'(생명력의 회복)이 될 수도 있다는 깨달음과 일깨움을 안겨 준다.

 이 시에서 염원의 분신分身은 '마른 북어'이며, 그 북어를 매달아 놓은 쥐똥나무에 몇 날 며칠 물을 주는 화자(분재의 주인)가 그 몸통이고, 화자의 속죄와 간절한 염원이 '원관념'이다. 하지만 이 관계가 일치에 이르고 일체가 돼야

비로소 소생蘇生이 가능하다는 시사도 하고 있다. 죽은 듯하다가 소생하는 쥐똥나무도 아가리를 벌린 마른 북어도 화자의 염원에 화답하고 있으며, 시인은 그 화답을 통해 소생의 지평을 이끌어 내려 한다고 봐야 할 것 같다.

그러나 소임이 끝난 북어는 나무 속으로 들어간다. 그 북어의 죽음을 품으면서 싹을 틔우고 꽃을 피우는 나무의 꽃향기에 시인은 마음이 깊어진다. 여기서 시인은 분재와 너무나 거리가 멀고 규모가 사뭇 다른 모래사막으로까지 관심과 시선의 폭을 확대(비약)하면서 태양이 작열하는 그 황막한 모래사막에도 도마뱀과 앵치(명태 새끼)가 돌아왔다(생명력 회복)고 거시적 시각으로 죽음을 이겨낸 사막의 생명력에 천착하면서 소생에의 열망을 투사投射해 보이기도 한다.

iii) 시가 '더 나은 삶을 향한 꿈꾸기'라면, 시인이 마주치는 현실적인 삶은 어떤 모습과 빛깔을 띠고 있는지 궁금하지 않을 수 없다. 그의 시를 들여다보면 그 일단을 어느 정도 짚어낼 수 있다. 그가 직면하는 현실은 "얼음수염 떨어지는 소리가 여기저기서"(「연못 공화국」) 나고, "바람[望]과 바람[風]은 늘 역방향"인데다 "파할 때가 돼서야 달아오른/하! 노을"(「허虛 더하기 무無」)이라는 대목이 말해 주듯 너무 늦게 '어처구니없는 감탄사'(하! 노을)를 자

아내게 된다. 이 같은 일상적 현실은

> 잡으려야 잡을 수가 없는 시간이
> 길이가 서로 다른 다리로 떨어지면
> 아무 일도 못 하는 바닥은
> 낭패狼狽로 질퍽하다
>
> 〈중략〉
>
> 잡으려 해도 잡을 수 없던 것들은
> 모두 어디로 갔나
>
> 이승은 질퍽한 봇도랑
>
> ─「맨발」부분

이라는 무상감과 낭패감에 빠져들게 하며, "아플까 봐 포
기를/많이 아플까 봐 우린 작은 상처를 선택하곤 하지//
차라리 마음껏 아파할 걸/사랑할 줄 아는 인간이니까 소
리칠 걸/그러나 나는 나를 믿지 못해서/구원의 손길을 기
다리곤 했던 거지"(「이런 화상을 봤나」)라는 자책自責에
서도 자유롭지 않게 된다. 하지만 그럼에도 집을 떠나 타
관인 바닷가의 후포에 머물면서는

> 애타게 기다리는 등대 불빛을
> 밤새 삼킨 등나무가

주렁주렁 걸어 놓은 등경燈檠

　　　등기산이 있는 후포에 가면
　　　번지수 잃은 나도
　　　발 묶인 등대가 된다
　　　　　　　　　　　　　—「수취인 부재」 부분

는, 번지수를 잃어버린 채 '발 묶인 등대'가 되기도 한다. 더구나 자신과 홀로 마주하면서는 "말 한마디 건네지 못하는 내게/단둘만 마주한 용지봉 달은/한 오라기 내려갈 길을/슬슬 슬림한 달빛으로 풀고 있"(「독대」)는 상황에 닿게 된다. 게다가 "울어야 할 일도 울려야 할 일도/웃어야 할 일도 웃겨야 할 일도/더는 없어진 오늘/맹물에 컵밥 덩어리째 말"(「독거」)게 되는 정황과도 마주친다.

　　이 같은 박탈감剝奪感이나 무상감은 나아가 "울음이란 슬플 때만 나는 게 아닐 테니. 바람이 분다는 건 바람이 익어 간다는 거. 바람이 없다는 건 지겟작대기가 아직도 땅바닥에 꽂혀 있다는 거. 그리고 드러누웠다 일어났다 그리고 꺼졌다 제자리로 돌아오는 거. 삶이란 바람 부는 억새밭에서 흔들리며 노래하는 거."(「풍경, 흔들리지 않는」)라고 체념과 관조의 자세로 발길을 옮기게도 한다.

　　그런가 하면, 사과 중에서 "처음부터 쪼그라든 것/새들에게 쪼인 것/제 살점을 벌레에게 내어준 것"(「네모난 상

자」)들을 보면서 그 모습을 자신의 내면으로 끌어들여 온
전치 않은 삶의 상처들을 포개어 바라보게 한다. 그러면
서도 "흠이 있는 사과가 맛이 있는 법/오래 그늘을 서성거
려본 이는 안다//덧대고 덧댄 나의 상처도, 그렇다"든가
"흠이 흠을 움켜쥐었을 때 느껴지는 전율/저녁놀이 만져
준 상처 안쪽이/먼저 다녀간 새의 혀처럼 따뜻하다"(같은
시)고 자기 위안과 위무로 마음을 가져가기도 한다. 이 같
은 마음자리에는

> 한 사람이 여물어 간다는 것은
> 떨어지는 무게의 충격도
> 느낄 만큼 느끼는 것
>
> 바람의 속도는 계산에 넣지 않았다
>
> 더 많이 허물어질 날
> 아직 남은 걸 알기에
>
> —「비명을 계산하다」 부분

라는 순응順應과 순명順命의 미덕을 드러내 보이고, 화가
의 작품이나 삶을 자신의 자성自省의 거울로 끌어들이기도
한다. "벌거벗은 엉덩이와 다리를 펑퍼짐하게 드러낸 채/
남자에게 등 돌린 여자가 누워있"는 에드워드 호프의 그
림 '철학으로의 소풍'과 연계해서는 "이맛살 골, 선명하게

119

깊어"진 화자가 "나, 행복하게 탈출할 수 있는 길을 찾고 싶"(「철학으로의 소풍」)게 하는 거울로 삼고 있다.

'술 마셔야 천재가 된다'던 재미在美 화가 김환기의 마분지 그림 '꽃다발 증정'을 보면서도 그 드로잉에 쓴 글 "술/안 먹을 수도 없고/먹을 수도 없고"라는 말에 마음 끼얹으며 "사랑하는 사람에게 안겨다 주고 싶은 꽃"이라서 "기다리는 사람 하나 있다면/나도 태평양쯤은 건너뛸 수 있겠다"(「꽃다발 증정」)고 토로하기도 한다. 음영이 교차하는 그의 이 같은 현실 인식은 「단산지 맨발걷기」와 같은 원숙한 시를 낳게 했는지도 모른다.

한 번도 넘친 적 없는
단산지 물비늘 둘레를
낮달 냄새 따라 맨발로 걷는다

안내판 앞에서 양말 벗은 나는
가설무대에 처음 오른 약장수처럼 어설프다

마사길, 자갈돌길, 응달길, 양달길
낯설지 않은 걸 보니
다 살아온 삶의 길이다

이런저런 길 지나
아픔도 차가움도
황토 흙탕길에 발 담그니

고향 집 우물이다

벗음의 자유와 담금의 평온이
껍데기 안쪽까지 스민다
— 「단산지 맨발걷기」 전문

한 번도 넘친 적 없는 단산지의 모습은 시인에게 귀감龜鑑 같은 일깨움을 안겨준 걸까. 이 못의 물비늘 둘레를 맨발로 낮달 냄새를 따라 걷는다는 표현부터 예사롭지 않으며, 삶을 바라보는 눈과 가슴이 너그럽고 그윽하며 깊다는 느낌도 들게 된다. 아직 자신은 이 못물에 비쳐 어설프다지만, 이 못 둘레가 품고 있는 여러 유형의 길이 자신이 살아온 삶의 길과 다르지 않아 낯설지 않다고 깨닫게 했을 것이다. 특히 '황토 흙탕길'과 '고향 집 우물'이 환기하는 정서와 마지막 연의 "벗음의 자유와 담금의 평온이/껍데기 안쪽까지 스민다"는 대목은 깊은 울림과 여운을 안겨준다.

ⅳ) 시인에게 고향과 향수鄕愁는 본향 회귀의 꿈을 꾸게 한다. 언제나 한결같이 잊히지 않는 그리움도 동반同伴된다. 고향 집과 지난날 거기에서의 삶은 세월의 흐름에도 한결같이 가서 안기고 싶으며, 따뜻한 품속과도 같이 기다려 주기도 하는 곳이기 때문이다. 「환향길」에서 그리고

있듯이, 겨울 초입에 고향으로 돌아가는 길에는 간밤에도 다녀간(꿈결에 보이던?) '메타세쿼이아'들이 줄지어 기다린다. 무릎치마 갈아입는 '그녀'로 환치換置되는 이 나무들은 '첫눈'을 "마른 잎 잔뜩 매달고도/가장 품고 싶은 건/시려서 오히려 따스하게 느"끼는가 하면, "길 위에서 돌아온 나를/길로 다시 품겠다고/우뚝우뚝 기다리며 줄지어 서 있"는 모습으로 그려진다.

이 나무들은 화자가 놓였던 정황을 '떨어져 구르는 머리카락'에서 시리지만 상서로운 '첫눈'으로 승화昇華(변용)해 맞이하면서 또 다른(따뜻한) '길'로 품으려 하고, 우뚝우뚝 줄지어 서 있는 나무들의 모습을 화자는 머리카락을 촘촘하게 빗겨줄 '참빗'으로 가깝게 끌어당겨 바라보기도 한다. 타향살이하는 시인에게는 '환향길'이 본향 회귀와 모성 회귀의 길과도 같았을는지도 모른다.

무릎치마 갈아입는
그녀 거울은 겨울 초입이어도
종아리 시린 적 없다

마른 잎 잔뜩 매달고도
가장 품고 싶은 건
시려서 오히려 따스하게 느껴지는
첫눈

길 위에서 돌아온 나를
길로 다시 품겠다고
우뚝우뚝 기다리며 줄지어 서 있는
저 나무들

참빗 같다

―「환향길」부분

한편, 「마당을 쓸고 싶다」에서는 대가족 시절과 그 잃어
버린 옛날에 대한 그리움과 아쉬움을 마음 낮추어 떠올린
다. 그 옛날에는 "해 뜰 무렵 한 번/해 질 무렵 한 번/마당
에 물 뿌리고 비질하는 것이 나의 일"이었고, 까닭도 모르
면서 "기껏해야 나뭇잎이나 삭아 떨어진 가지 몇 개/열다
섯 식구에다 오매 가매 들른 동네 사람 덧대어진 발자국
을/쓸 것 없음에도 싸리비"로 쓸던 시절이다.

그러나 "많은 식구 중 하필 내가 버틸 수 있었던 건/거
기 발자국들과 싸리비가 있었기 때문"이라고 대가족 때
자신의 역할을 겸허하게 돌아보지만, "이젠 쓸 마당이 없
다/마당이 없으니, 덩달아 없는 발자국들"이라고 아득히
가버린 그 시절을 그리워하고 아쉬워한다. 이 옛 추억의
공간에는

초등학교 육학년 밤 수업 마치고
십여 리 떨어진 집 가는 길

물귀신은 언제나 잠들지 않고
발 빠른 친구들 뒤처져오는
귀 얇은 나를 기다렸었지

처음엔 뒤끝이 당겨 등줄기 서늘했으나
서로 텅 빈 밤 여러 달 만나다 보니
팔짱 낄 사이는 못 되어도
마주 뒤돌아서서 함께 노래하는 사이는 되었지

—「다시 물귀신을 만나다」 부분

라는 철부지 시절의 별난 기억들도 들어있으며, 너무 가난
해 초등학교도 못 마치고 도회지로 떠난 친구에 대해 "까
불다 선생님한테 귀싸대기 얻어걸려도/금세 촉새를 닮아
가던 그 친구//스프링처럼 튕겨진 몸과 입은/심각해야 할
저승 문턱에서도/여전히 까불고 있을까"(「촉새의 지금은
」)라는 우정友情 어린 궁금증을 대동한다. 그러면서도 그
친구의 마지막 편지 구절 "—나 어릴 때 많이 까불었지/—
그래도 난 혼자라서 괜찮다/—가족 잘 챙기고 잘 지내라.
안녕"(같은 시)이라는 대목이 되레 자신을 되짚어보게 하
는 자성의 거울로 떠올라 있다.

하회마을이 내려다보이는 부용대芙蓉臺에 올라서는 "
남아있으니 남았어야 했던 사람들/찾아오는 외지인들을
위해 다듬어진 길을/더 다지고 있다"(「있다 없다」)고 그
곳 사람들을 추켜올리는 한편으로는 "가장 큰 건물이었

던 학교는 보이지 않"자 "없어진 것이 있어, 있는 것도 덩달아 낯설다"(같은 시)고 달라진 세상과 세태世態를 안타까워한다.

도시화 사회 이후 당찬 꿈을 안고 귀농歸農했던 젊은 사내마저 '백기白旗'를 드는 게 고향(농촌)의 현실이라지만, 시인의 마음은 자연에 묻혀 살던 시절과 여전히 그대로인 자연으로 회귀하려 한다. 지금의 고향도 "꽃을 밟고 가는 나비의 눈/향긋한 허공에 이르러 맥없이 추락하는 시늉에/놀란 꽃들 일제히/공기 매트처럼/출렁 부풀고"(「미나리꽃」), "못물을 흔드는 올챙이들 방울 소리에/늙은 소경 벗나무가 함뿍 웃음 귀를"(「봄꿈」) 여는 듯한 고즈넉한 풍경 속에 감싸여 있기 때문이지 않을까.

더구나 그 풍경에는 "낮밤이 바뀐 줄 모르는 사람들/개구리알처럼 붐비며/도깨비에게 먹힌 해는 도깨비불로 타닥타닥/불에 덴 달처럼 물 한복판을 휘젓는"(「저녁의 표지標識들」) 토속적土俗的인 정서와 그 속에서의 질박한 삶을 되돌아보게 하며, "산 그림자 끌며 서둘러 떠난 길"이 보이고, 그 무렵 "큰 못가에서 어머니를 부"(같은 시)르며 기다리던 자신의 옛 모습도 꿈결같이 떠오르기 때문이기도 할 것이다.

윗집에서 기름 한 병 얻었다는 아내가
참기름인 줄 알았는데 들기름이네 하며 좋아라 한다

125

참기름 아낀다고
들기름으로 나물 무치던 어머니는
며느리 그 모습이 제 상태로 보이려나

물 걱정 없는
집 앞 오심키 논에 공들이던 어머니는
속 태우던 산비알 잡초밭이
다섯 배나 더 값나간다는 것을 아시려나

어쩌다 색 나는 조를 섞어 밥상에 올리면
쌀 공출 당한 어린 날 조밥에 신물 났다며
싫은 기색 보이시던 어머니는
백화점 좁쌀 가격표를 믿으시려나

                        ―「반란은 계속된다」 부분

  알뜰한 어머니의 모습과 달라진 오늘날의 세태 변화를
대비하면서 역설적으로 어머니상을 기려 보는 이 시는 참
기름과 들기름, 논과 밭, 쌀과 조가 옛날과 달리 그 귀하기
(가치나 값)가 뒤집힌 현실을 '반란反亂'으로 여기는 까닭
은 무엇 때문이겠는가. 아내와 화자가 참기름보다 들기름
이, 오심키 논보다 산비탈의 잡초밭이, 귀하던 쌀보다 조
가 더 귀해진 걸 목도하지만 어머니는 설령 이 사실을 모
르더라도 알뜰하게 살던 어머니의 모습에 무게중심을 두
고 그리워하기 때문이지 않을까. 그 윗세대인 할머니의 삶

의 자세에 대해서는 이보다도 더 무게가 실리는 점도 지나
치며 보지 않게 한다.

노래 한 소절씩을 읊조린 할머니는
제목을 알고 싶어 하였다

〈중략〉

흥에 따라 그냥 노래를 부르면 되지
제목이 뭐 그리 중요하냐고
건성으로 회피하면
잃어버린 길 찾듯 이 식구 저 식구 붙들었다

〈중략〉

노래 가사마다 다른 사연처럼
제목 달린 다른 인생을
어떻게 맨 앞에 앉힐까
할머니는 늘 고민이 깊으셨던 거다

그가 시인이었다

—「제목 달기」 부분

이 시는 할머니가 '제목 달린 다른 인생'에 깊은 관심을
기울이는 데 착안해 시인인 자신이 시의 제목을 다는데 고

민이 깊은 점을 에둘러 말하고 있는 것으로도 읽힌다. 노래도 시도 각기 다른 사연을 담고 있으며, 제목은 그 다른 내용을 특징적으로 집약해 보이게 마련이다.

이 때문에 시인은 그 점에 대해 언제나 고민이 깊은 할머니를 '시인'으로 격상시키고, 할머니의 삶을 통해 시인 스스로의 자세에 대해서도 자성해 보게 된다. 시인에게는 이같이 자연 속에서 더불어 있거나 살아가는 고향과 고향 사람들이 한결같은 그리움의 대상이며, 가장 소중한 존재로 자리매김하고 있는지도 모른다.